乌合丛书之一

野草

鲁迅

——一九二七年七月印行。一至一千本——

題辭

當我沈默着的時候，我覺得充實；我將開口，同時感到空虛。

過去的生命已經死亡。我對於這死亡有大歡喜，因爲我藉此知道牠曾經存活。死亡的生命已經朽腐。我對於這朽腐有大歡喜，因爲我藉此知道牠還非空虛。

生命的泥委棄在地面上，不生喬木，只生野草，這是我的罪過。

野草，根本不深，花葉不美，然而吸取露，吸取水，吸取陳死人的血和肉，各各奪取牠的生存。當生存時，還是將遭踐踏，將遭删刈，直至于死亡而朽腐。

但我坦然，欣然。我將大笑，我將歌唱。

我自愛我的野草，但我憎惡這以野草作裝飾的地面。

地火在地下運行，奔突；熔岩一旦噴出，將燒盡一切野草，以及喬木，於是並且無可朽腐。

但我坦然，欣然。我將大笑，我將歌唱。

天地有如此靜穆，我不能大笑而且歌唱。天地卽不如此靜穆，我或者也將不能。我以這一叢野草，在明與暗，生與死，過去與未來之際，獻於友與讎，人與獸，愛者與不愛者之前作證。

爲我自己，爲友與讎，人與獸，愛者與不愛者，我希望這野草的死亡與朽腐，火速到來。要不然，我先就未曾生存，這實在比死亡與朽腐更其不幸。

去罷，野草，連着我的題辭！

一九二七年四月二十六日，魯迅記於廣州之白雲樓上。

目錄

一 秋夜……一
二 影的告別……五
三 求乞者……八
四 我的失戀……一一
五 復讎……一五
六 復讎（其二）……一八
七 希望……二一
八 雪……二五

九　風箏……二八
十　好的故事……三三
十一　過客……三七
十二　死火……五〇
十三　狗的駁詰……五四
十四　失掉的好地獄……五六
十五　墓碣文……六〇
十六　頹敗線的顫動……六二
十七　立論……六七
十八　死後……六九
十九　這樣的戰士……七七
二十　聰明人和傻子和奴才……八〇

二一　臘葉……八五
二二　淡淡的血痕中……八七
二三　一覺……九〇

秋夜

在我的後園，可以看見牆外有兩株樹，一株是棗樹，還有一株也是棗樹。

這上面的夜的天空，奇怪而高，我生平沒有見過這樣的奇怪而高的天空。他彷彿要離開人間而去，使人們仰面不再看見。然而現在卻非常之藍，閃閃地映着幾十個星星的眼，冷眼。他的口角上現出微笑，似乎自以爲大有深意，而將繁霜灑在我的園裏的野花草上。

我不知道那些花草眞叫什麼名字，人們叫他們什麼名字。我記得有一種開過極細小的粉紅花，現在還開着，但是更極細小了，她在冷的夜氣中，瑟縮地做夢，夢見春的到來，夢見秋的到來，夢見瘦的詩人將眼淚擦在她最末的花瓣上，告訴她秋雖然來，冬雖然來，而此後接着還是春，胡蝶亂飛，蜜蜂都唱起春詞來了。她於是一笑，雖然顏色凍得紅慘慘地，仍然瑟縮着。

棗樹，他們簡直落盡了葉子。先前，還有一兩個孩子來打他們別人打剩的棗子，現在是一個也不剩了，連葉子也落盡了。他知道小粉紅花的夢，秋後要有春；他也知道落葉的夢，春後還是秋。他簡直落盡葉子，單剩幹子，然而脫了當初滿樹是果實和葉子時候的弧形，欠伸得很舒服。但是，有幾枝還低亞着，護定他從打棗的竿梢所得的皮傷，而最直最長的幾枝，卻已默默地鐵似的直刺着奇怪而高的天空，使天空閃閃地鬼䀹眼；直刺着天空中圓滿的月亮，使月亮窘得發白。

鬼䀹眼的天空越加非常之藍，不安了，彷彿想離去人間，避開棗樹，只將月亮剩下。然而月亮也暗暗地躲到東邊去了。而一無所有的幹子，卻仍然默默地鐵似的直刺着奇怪而高的天空，一意要制他的死命，不管他各式各樣地䀹着許多蠱惑的眼睛。

哇的一聲，夜游的惡鳥飛過了。

我忽而聽到夜半的笑聲，吃吃地，似乎不願意驚動睡着的人，然而四圍的空氣都應和着笑。夜半，沒有別的人，我即刻聽出這聲音就在我嘴裏，我也即刻被這笑聲所驅逐，回進自己的房。燈火的帶子也即刻被我旋高了。

後窗的玻璃上丁丁地響，還有許多小飛蟲亂撞。不多久，幾個進來了，許是從窗紙的破孔進來的。他們一進來，又在玻璃的燈罩上撞得丁丁地響。一個從上面撞進去了，他于是遇到火，而且我以爲這火是眞的。兩三個卻休息在燈的紙罩上喘氣。那罩是昨晚新換的罩，雪白的紙，摺出波浪紋的疊痕，一角還畫出一枝猩紅色的梔子。

猩紅的梔子開花時，棗樹又要做小粉紅花的夢，青葱地彎成弧形了……。我又聽到夜半的笑聲；我趕緊砍斷我的心緒，看那老在白紙上的小青蟲，頭大尾小，向日葵子似的，只有半粒小麥那麼大，遍身的顏色蒼翠得可愛，可憐。

我打一個呵欠，點起一支紙煙，噴出烟來，對着燈默默地敬奠這些蒼翠精緻的英雄們。

一九二四年九月十五日。

影的告別

人睡到不知道時候的時候，就會有影來告別，說出那些話——

有我所不樂意的在天堂裏，我不願去；有我所不樂意的在地獄裏，我不願去；有我所不樂意的在你們將來的黃金世界裏，我不願去。

然而你就是我所不樂意的。

朋友，我不想跟隨你了，我不願住。

我不願意！

嗚乎嗚乎，我不願意，我不如彷徨于無地。

我不過一個影，要別你而沈沒在黑暗裏了。然而黑暗又會呑併我，然而光明又會使我消失。

然而我不願彷徨于明暗之間，我不如在黑暗裏沈沒。

然而我終于彷徨于明暗之間，我不知道是黃昏還是黎明。我姑且擧灰黑的手裝作喝乾一杯酒，我將在不知道時候的時候獨自遠行。

嗚呼嗚呼，倘若黃昏，黑夜自然會來沈沒我，否則我要被白天消失，如果現是黎明。

朋友，時候近了。

我將向黑暗裏徬徨于無地。

你還想我的贈品。我能獻你甚麼呢？無已，則仍是黑暗和虛空而已。但是，我願意只是黑暗，或者會消失于你的白天；我願意只是虛空，決不佔你的心地。

我願意這樣，朋友——

我獨自遠行，不但沒有你，並且再沒有別的影在黑暗裏。只有我被黑暗沈沒，那世界全屬于我自己。

一九二四年九月二十四日。

求乞者

我順着剝落的高牆走路，踏着鬆的灰土。另外有幾個人，各自走路。微風起來，露在牆頭的高樹的枝條帶着還未乾枯的葉子在我頭上搖動。

微風起來，四面都是灰土。

一個孩子向我求乞，也穿着夾衣，也不見得悲戚，而攔着磕頭，追着哀呼。

我厭惡他的聲調，態度。我憎惡他並不悲哀，近于兒戲；我煩厭他這追着哀呼。

我走路。另外有幾個人各自走路。微風起來，四面都是灰土。

一個孩子向我求乞，也穿着夾衣，也不見得悲戚，但是啞的，攤開手，裝着手勢。

我就憎惡他這手勢。而且，他或者並不啞，這不過是一種求乞的法子。

我不布施，我無布施心，我但居布施者之上，給與煩膩，疑心，憎惡。

我順着倒敗的泥牆走路，斷磚疊在牆缺口，牆裏面沒有什麼。微風起來，送秋寒穿透我的夾衣；四面都是灰土。

我想着我將用什麼方法求乞：發聲，用怎樣聲調？裝啞，用怎樣手勢？……

另外有幾個人各自走路。

我將得不到布施，得不到布施心；我將得到自居於布施之上者的煩膩，疑心，憎惡。

我將用無所爲和沈默求乞……

我至少將得到虛無。

微風起來，四面都是灰土。另外有幾個人各自走路。

灰土，灰土，……

………………

灰土……

一九二四年九月二十四日。

我的失戀

—擬古的新打油詩—

我的所愛在山腰；
想去尋她山太高，
低頭無法淚沾袍。
愛人贈我百蝶巾；
回她什麼：貓頭鷹。
從此翻臉不理我，

不知何故兮使我心驚。

我的所愛在鬧市；
想去尋她人擁擠，
仰頭無法淚沾耳。
愛人贈我雙燕圖；
回她什麼：冰糖壺盧。
從此翻臉不理我，
不知何故兮使我胡塗。

我的所愛在河濱；
想去尋她河水深，
歪頭無法淚沾襟。
愛人贈我金錶索；
回她什麼：發汗藥。
從此翻臉不理我，
不知何故兮使我神經衰弱。

我的所愛在豪家；
想去尋她兮沒有汽車，
搖頭無法淚如麻。

愛人贈我玫瑰花；
回她什麼：赤練蛇。
從此翻臉不理我，
不知何故兮——由她去罷。

一九二四年十月三日。

復讐

人的皮膚之厚，大概不到半分，鮮紅的熱血，就循着那後面，在比密密層層地爬在牆壁上的槐蠶更其密的血管裏奔流，散出溫熱。于是各以這溫熱互相蠱惑，煽動，牽引，拚命地希求偎倚，接吻，擁抱，以得生命的沉酣的大歡喜。

但倘若用一柄尖銳的利刃，只一擊，穿透這桃紅色的，菲薄的皮膚，將見那鮮紅的熱血激箭似的以所有溫熱直接灌溉殺戮者；其次，則給以冰冷的呼吸，示以淡白的嘴唇，使之人性茫然，得到生命的飛揚的極致的大歡喜；而其自身，則永遠沈浸于生命的飛揚的極致的大歡喜中。

這樣，所以，有他們倆裸着全身，捏着利刃，對立于廣漠的曠野之上。

他們倆將要擁抱，將要殺戮……

路人們從四面奔來，密密層層地，如槐蠶爬上牆壁，如馬蟻要扛鯗頭。衣服都漂亮，手倒空的。然而從四面奔來，而且拚命地伸長頸子，要賞鑒這擁抱或殺戮。他們已經豫覺着事後的自己的舌上的汗或血的鮮味。

然而他們倆對立着，在廣漠的曠野之上，裸着全身，捏着利刃，然而也不擁抱，也不殺戮，而且也不見有擁抱或殺戮之意。

他們倆這樣地至于永久，圓活的身體，已將乾枯，然而毫不見有擁抱或殺戮之意。

路人們于是乎無聊；覺得有無聊鑽進他們的毛孔，覺得有無聊從他們自己的心中由毛孔鑽出，爬滿曠野，又鑽進別人的毛孔中。他們于是覺得喉舌乾燥，頸子也乏了；終至于面面相覷，慢慢走散；甚而至于居然覺得乾枯到失了生趣。

于是只賸下廣漠的曠野，而他們倆在其間裸着全身，捏着利刃，乾枯地立着；以死人似的眼光，賞鑒這路人們的乾枯，無血的大戮，而永遠沈浸于生命的飛揚的極致的大歡喜中。

一九二四年十二月二十日。

復讐（其二）

因爲他自以爲神之子，以色列的王，所以去釘十字架。

兵丁們給他穿上紫袍，戴上荊冠，慶賀他；又拿一根葦子打他的頭，吐他，屈膝拜他；戲弄完了，就給他脫了紫袍，仍穿他自己的衣服。

看哪，他們打他的頭，吐他，拜他……

他不肯喝那用沒藥調和的酒，要分明地玩味以色列人怎樣對付他們的神之子，而且較永久地悲憫他們的前途，然而讎恨他們的現在。

四面都是敵意，可悲憫的，可咒詛的。

丁丁地響，釘尖從掌心穿透，他們要釘殺他們的神之子了，可憫的人們呵，使他痛得柔和。丁丁地響，釘尖從脚背穿透，釘碎了一塊骨，痛楚也透到心髓中，然而他們自己釘殺着他們的神之子了，可咒詛的人們呵，這使他痛得舒服。

十字架竪起來了；他懸在虛空中。

他沒有喝那用沒藥調和的酒，要分明地玩味以色列人怎樣對付他們的神之子，而且較永久地悲憫他們的前途，然而讎恨他們的現在。

路人都辱罵他，祭司長和文士也戲弄他，和他同釘的兩個强盜也譏誚他。

看哪，和他同釘的……

四面都是敵意，可悲憫的，可咒詛的。

他在手足的痛楚中，玩味着可憫的人們的釘殺神之子的悲哀和可咒詛的人們要釘殺神之子，而神之子就要被釘殺了的歡喜。突然間；碎骨的大痛楚透到心髓了，他即沈酣于大歡喜和大悲憫中。

他腹部波動了，悲憫和咒詛的痛楚的波。

遍地都黑暗了。

「以羅伊，以羅伊，拉馬撒巴各大尼!?」（繙出來，就是：我的上帝，你爲甚麼離棄我!?）

上帝離棄了他，他終于還是一個「人之子」；然而以色列人連「人之子」都釘殺了。

釘殺了「人之子」的人們的身上，比釘殺了「神之子」的尤其血汙，血腥。

一九二四年十二月二十日。

希望

我的心分外地寂寞。

然而我的心很平安：沒有愛憎，沒有哀樂，也沒有顏色和聲音。

我大概老了。我的頭髮已經蒼白，不是很明白的事麼？我的手顫抖着，不是很明白的事麼？那麼，我的魂靈的手一定也顫抖着，頭髮也一定蒼白了。

然而這是許多年前的事了。

這以前，我的心也曾充滿過血腥的歌聲：血和鐵，火燄和毒，恢復和報讎。而忽而這些都空虛了，但有時故意地塡以沒奈何的自欺的希望。希望，希望，用這希望的盾，抗拒那空虛中的暗夜的襲來，雖然盾後面也依然是空虛中的暗夜。然而就是如此，陸續地耗盡了我的青春。

我早先豈不知我的青春已經逝去了？但以爲身外的青春固在：星，月光，僵墜的胡蝶，暗中的花，貓頭鷹的不祥之言，杜鵑的啼血，笑的渺茫，愛的翔舞……。雖然是悲涼漂渺的青春罷，然而究竟是青春。

然而現在何以如此寂寞？難道連身外的青春也都逝去，世上的青年也多衰老了麼？

我只得由我來肉薄這空虛中的暗夜了。我放下了希望之盾，我聽到Petofi Sándor (1823-49) 的「希望」之歌：

希望是甚麼？是娼妓：

她對誰都蠱惑，將一切都獻給；
待你犧牲了極多的寶貝——
你的青春——她就棄掉你。

這偉大的抒情詩人，匈牙利的愛國者，爲了祖國而死在可薩克兵的矛尖上，已經七十五年了。悲哉死也，然而更可悲的是他的詩至今沒有死。

但是，可慘的人生！桀驁英勇如Petöfi，也終于對了暗夜止步，回顧着茫茫的東方了。他說：

絕望之爲虛妄，正與希望相同。

倘使我還得偷生在不明不暗的這「虛妄」中，我就還要尋求那逝去的悲涼漂渺的青春，但不妨在我的身外。因爲身外的青春倘一消滅，我身中的遲暮也卽凋零了。

然而現在沒有星和月光，沒有僵墜的胡蝶以至笑的渺茫，愛的翔舞。然而青年們很平安。

我只得由我來肉薄這空虛中的暗夜了，縱使尋不到身外的青春，也總得自己來一擲我身中的遲暮。但暗夜又在那里呢？現在沒有星，沒有月光以至笑的渺茫和愛的翔舞；青年們很平安，而我的面前又竟至于並且沒有眞的暗夜。

絕望之爲虛妄，正與希望相同！

一九二五年一月一日。

雪

暖國的雨，向來沒有變過冰冷的堅硬的燦爛的雪花。博識的人們覺得他單調，他自己也以爲不幸否耶？江南的雪，可是滋潤美豔之至了；那是還在隱約着的青春的消息，是極壯健的處子的皮膚。雪野中有血紅的寶珠山茶，白中隱青的單瓣梅花，深黃的磬口的蠟梅花；雪下面還有冷綠的雜草。胡蝶確乎沒有；蜜蜂是否來采山茶花和梅花的蜜，我可記不眞切了。但我的眼前彷彿看見冬花開在雪野中，有許多蜜蜂們忙碌地飛着，也聽得他們嗡嗡地鬧着。

孩子們呵着凍得通紅，像紫芽薑一般的小手，七八個一齊來塑雪羅漢。因爲不成功，誰的父親也來帮忙了。羅漢就塑得比孩子們高得多，雖然不過是上小下大的一堆，終于分不淸是壺盧還是羅漢。然而很潔白，很明豔，以自身的滋潤相黏結，整個地閃閃地生光。孩子們用龍眼核給他做眼珠，又從誰的母親的脂粉奩中偷得胭脂來塗在嘴唇上。這回確是一個大阿羅漢了。他也就目光灼灼地嘴唇通紅地坐在雪地裏。

第二天還有幾個孩子來訪問他；對了他拍手，點頭，嘻笑。但他終于獨自坐着了。晴天又來消釋他的皮膚，寒夜又使他結一層冰，化作不透明的水晶模樣；連續的晴天又使他成爲不知道算什麼，而嘴上的胭脂也褪盡了。

但是，朔方的雪花在紛飛之後，却永遠如粉，如沙，他們决不黏連，撒在屋上，地上，枯草上，就是這樣。屋上的雪是早已就有消化了的，因爲屋裏居人的火的溫熱。別的，在晴天之下，旋風忽來，便蓬勃地奮飛，在日光中燦燦地生光，如包藏火燄的大霧，旋轉而且升騰，瀰漫太空，使太空旋轉而且升騰地閃爍。

在無邊的曠野上，在凜冽的天宇下，閃閃地旋轉升騰着的是雨的精魂……。

是的，那是孤獨的雪，是死掉的雨，是雨的精魂。

一九二五年一月十八日。

風箏

北京的冬季，地上還有積雪，灰黑色的禿樹枝丫叉於晴朗的天空中，而遠處有一二風箏浮動，在我是一種驚異和悲哀。

故鄉的風箏時節，是春二月，倘聽到沙沙的風輪聲，仰頭便能看見一個淡墨色的蟹風箏或嫩藍色的蜈蚣風箏。還有寂寞的瓦片風箏，沒有風輪，又放得很低，伶仃地顯出憔悴可憐模樣。但此時地上的楊柳已經發芽，早的山桃也多吐蕾，和孩子們的天上的點綴相照應，打成一片春日的溫和。我現在在那里呢？四面都還是嚴冬的肅殺，而久經訣別的故鄉的久經逝去的春天，却就在這天空中蕩漾了。

但我是向來不愛放風箏的，不但不愛，並且嫌惡他，因爲我以爲這是沒出息孩子所做的玩藝。和我相反的是我的小兄弟，他那是大概十歲內外罷，多病，瘦得不堪，然而最喜歡風箏，自己買不起，我又不許放，他只得張着小嘴，呆看着空中出神，有時至於小半日。遠處的蟹風箏突然落下來了，他驚呼；兩個瓦片風箏的纏繞解開了，他高興得跳躍。他的這些，在我看來都是笑柄，可鄙的。

有一天，我忽然想起，似乎多日不很看見他了，但記得曾見他在後園拾枯竹。我恍然大悟似的，便跑向少有人去的一間堆積雜物的小屋去，推開門，果然就在塵封的什物堆中發見了他。他向着大方凳，坐在小凳上；便很驚惶地站了起來，失了色瑟縮着。大方凳旁靠着一個胡蝶風箏的竹骨，還沒有糊上紙，凳上是一對做眼睛用的小風輪，正用紅紙條裝飾着，將要完工了。我在破獲秘密的滿足中，又很憤怒他的瞞了我的眼睛，這樣苦心孤詣地來偷做沒出息孩子的玩藝。我卽刻伸手折斷了胡蝶的一支翅骨，又將風輪擲在地下，踏扁了。論長幼，論力氣，他是都敵不過我的，我當然得到完全的勝利，於是傲然走出，留他絕望地站在小屋裏。後來他怎樣，我不知道，也沒有留心。

然而我的懲罰終於輪到了，在我們離別得很久之後，我已經是中年。我不幸偶而看了一本外國的講論兒童的書，纔知道游戲是兒童最正當的行爲，玩具是兒童的天使。于是二十年來毫不憶及的幼小時候對于精神的虐殺的這一幕，忽地在眼前展開，而我的心也仿佛同時變了鉛塊，很重很重的墮下去了。

但心又不竟墮下去而至于斷絕，他只是很重很重地墮着，墮着。

我也知道補過的方法的：送他風箏，贊成他放，勸他放，我和他一同放。我們嚷着，跑着，笑着。——然而他其時已經和我一樣，早已有了鬍子了。

我也知道還有一個補過的方法的：去討他的寬恕，等他說，「我可是毫不怪你呵。」那麼，我的心一定就輕鬆了，這確是一個可行的方法。有一回，我們會面的時候，是臉上都已添刻了許多「生」的辛苦的條紋，而我的心很沈重。我們漸漸談起兒時的舊事來，我便敍述到這一節，自說少年時代的胡塗。「我可是毫不怪你呵。」我想，他要說了，我卽刻便受了寬恕，我的心從此也寬鬆了罷。

「有過這樣的事麼？」他驚異地笑着說，就像旁聽着別人的故事一樣。他什麼也不記得了。

全然忘却，毫無怨恨，又有什麽寬恕之可言呢？無怨的恕，說謊罷了。

我還能希求什麽呢？我的心只得沈重着。

現在，故鄉的春天又在這異地的空中了，既給我久經逝去的兒時的回憶，而一幷也帶着無可把握的悲哀。我倒不如躲到肅殺的嚴冬中去罷，——但是，四面又明明是嚴冬，正給我非常的寒威和冷氣。

一九二五年一月二十四日。

好的故事

燈火漸漸地縮小了，在豫告石油的已經不多；石油又不是老牌，早熏得燈罩很昏暗。鞭爆的繁響在四近，煙草的烟霧在身邊：是昏沈的夜。

我閉了眼睛，向後一仰，靠在椅背上；捏看「初學記」的手擱在膝髁上。

我在蒙朧中，看見一個好的故事。

這故事很美麗，幽雅，有趣。許多美的人和美的事，錯綜起來像一天雲錦，而且萬顆奔星似的飛動着，同時又展開去，以至於無窮。

我彷彿記得曾坐小船經過山陰道，兩岸邊的烏桕，新禾，野花，雞，狗，叢樹和枯樹，茅屋，塔，伽藍，農夫和村婦，村女，曬着的衣裳，和尚，蓑笠，天，雲，竹，……都倒影在澄碧的小河中，隨着每一打槳，各各夾帶了閃爍的日光，并水裏的萍藻游魚，一同蕩漾。諸影諸物，無不解散，而且搖物，擴大，互相融和；剛一融和，却又退縮，復近于原形。邊緣都參差如夏雲頭，鑲着日光，發出水銀色燄。凡是我所經過的河，都是如此。

現在我所見的故事也如此。水中的青天的底子，一切事物統在上面交錯，織成一篇，永是生動，永是展開，我看不見這一篇的結束。

河邊枯柳樹下的幾株瘦削的一丈紅，該是村女種的罷。大紅花和斑紅花，都在水裏面浮動，忽而碎散，拉長了，縷縷的胭脂水，然而沒有暈。茅屋，狗，塔，村女，雲，……也都浮動着。大紅花一朵朵全被拉長了，這時是潑剌奔迸的紅錦帶。帶織入狗中，狗織入白雲中，白雲織入村女中……。在一瞬間，他們又將退縮了。但斑紅花影也已碎散，伸長，就要織進塔，村女，狗，茅屋，雲裏去。

現在我所見的故事清楚起來了，美麗，幽雅，有趣，而且分明。青天上面，有無數美的人和美的事，我一一看見，一一知道。

我就要凝視他們……。

我正要凝視他們時，驟然一驚，睜開眼，雲錦也已皺蹙，凌亂，仿佛有誰擲一塊大石下河水中，水波陡然起立，將整篇的影子撕成片片了。我無意識地趕忙捏住幾乎墜地的「初學記」，眼前還賸着幾點虹霓色的碎影。

我眞愛這一篇好的故事，趁碎影還在，我要追回他，完成他，留下他。我拋了書，欠身伸手去取筆，——何嘗有一絲碎影，只見昏暗的燈光；我不在小船裏了。

但我總記得見過這一篇好的故事，在昏沈的夜……。

一九二五年二月二十四日。

過客

時：

或一日的黃昏。

地：

或一處。

人：

老翁。　約七十歲，白鬚髮，黑長袍。

女孩。　約十歲，紫髮，烏眼珠，白地黑方格長衫。

過客。　約三四十歲，狀態困頓倔强，眼光陰沈，黑鬚，亂髮，黑色短衣褲皆破碎，赤足著破鞋，脅下掛一個口袋，支着等身的竹杖。

東，是幾株雜樹和瓦礫；西，是荒涼破敗的叢葬；其間有一條似路非路的痕迹。一間小土屋向這痕迹開着一扇門；門側有一段枯樹根。

（女孩正要將坐在樹根上的老翁攙起。）

翁。孩子。喂，孩子！怎麼不動了呢？

孩。（向東望着，）有誰走來了，看一看罷。

翁。不用看他。扶我進去罷。太陽要下去了。

孩。我，——看一看。

翁。　唉，你這孩子！天天看見天，看見土，看見風，還不夠好看麼？什麼也不比這些好看。你偏是要看誰。太陽下去時候出現的東西，不會給你什麼好處的。……還是進去罷。

孩。　可是，已經近來了。阿阿，是一個乞丐。

翁。　乞丐？不見得罷。

（過客從東面的雜樹間蹌踉走出，暫時躊躕之後，慢慢地走近老翁去。）

客。　老丈，你晚上好？

翁。　阿，好！託福。你好？

客。　老丈，我實在冒昧，我想在你那里討一杯水喝。我走得渴極了。這地方又沒有一個池塘，一個水窪。

翁。　唔，可以可以。你請坐罷。（向女孩，）孩子，你拿水來，杯子要洗乾淨。

（女孩默默地走進土屋去。）

翁。客官，你請坐。你是怎麼稱呼的。

客。稱呼？—我不知道。從我還能記得的時候起，我就只一個人。我不知道我本來叫什麼。我一路走，有時人們也隨便稱呼我，各式各樣地，我也記不清楚了，況且相同的稱呼也沒有聽到過第二回。

翁。阿阿。那麼，你是從那里來的呢？

客。（略略遲疑，）我不知道。從我還能記得的時候起，我就在這麼走。

翁。對了。那麼，我可以問你到那里去麼？

客。自然可以。—但是，我不知道。從我還能記得的時候起，我就在這麼走，要走到一個地方去，這地方就在前面。我單記得走了許多路，現在來到這里了。我接着就要走向那邊去，（西指，）前面！

（女孩小心地捧出一個木杯來，遞去。）

客。（接杯，）多謝，姑娘。（將水兩口喝盡，還杯，）多謝，姑娘。這眞是少有的好意。我眞不知道應該怎樣感激！

翁。不要這麼感激。這於你是沒有好處的。

客。是的，這於我沒有好處。可是我現在很恢復了些力氣了。我就要前去。老丈，你大約是久住在這里的，你可知道前面是怎麼一個所在麼？

翁。前面？前面，是墳。

客。（詫異地，）墳？

孩。不，不，不的。那里有許多許多野百合，野薔薇，我常常去玩，去看他們的。

客。（西顧，彷彿微笑，）不錯。那些地方有許多許多野百合，野薔薇，我也常常去玩過，去看過的。但是，那是墳。（向老翁，）老丈，走完了那墳地之後呢？

翁。走完之後？那我可不知道。我沒有走過。

客。不知道?!

孩。我也不知道。

翁。我單知道南邊；北邊；東邊，你的來路。那是我最熟悉的地方，也許倒是於你們最好的地方。你莫怪我多嘴，據我看來，你已經這麼勞頓了，還不如回轉去，因爲你前去也料不定可能走完。

客。　料不定可能走完？……（沈思，忽然驚起，）那不行！我只得走。回到那里去，就沒一處沒有名目，沒一處沒有地主，沒一處沒有驅逐和牢籠，沒一處沒有皮面的笑容，沒一處沒有眶外的眼淚。我憎惡他們，我不回轉去！

翁。　那也不然。你也會遇見心底的眼淚，爲你的悲哀。

客。　不。我不願看見他們心底的眼淚，不要他們爲我的悲哀！

翁。　那麼，你，（搖頭，）你只得走了。

客。　是的，我只得走了。況且還有聲音常在前面催促我，叫喚我，使我息不下。可恨的是我的脚早經走破了，有許多傷，流了許多血。（舉起一足給老人看，）因此，我的血不夠了；我要喝些血。但血在那里呢？可是我也不願意喝無論誰的血。我只得喝些水，來補充我的血。一路上總有水，我倒也並不感到什麼不足。只是我的力氣太稀薄了，血裏面太多了水的緣故罷。今天連一個小水窪也遇不到，也就是少走了路的緣故罷。

翁。那也未必。太陽下去了，我想，還不如休息一會的好罷，像我似的。

客。但是，那前面的聲音叫我走。

翁。我知道。

客。你知道？你知道那聲音麼？

翁。是的。他似乎曾經也叫過我。

客。那也就是現在叫我的聲音麼？

翁。那我可不知道。他也就是叫過幾聲，我不理他，他也就不叫了，我也就記不清楚了。

客。唉唉，不理他……。（沈思，忽然喫驚，傾聽着，）不行！

我還是走的好。我息不下。可恨我的脚早經走破了。（準備走路。）

孩。給你！（遞給一片布，）裹上你的傷去。

客。多謝，（接取，）姑娘。這眞是……。這眞是極少有的好意。這能使我可以走更多的路。（就斷磚坐下，要將布纏在髁上，）但是，不行！（竭力站起，）姑娘，還了你罷，還是裹不下。况且這太多的好意，我沒法感激。

翁。你不要這麼感激；這於你沒有好處。

客。是的，這於我沒有什麼好處。但在我，這布施是最上的東西了。你看，我全身上可有這樣的。

翁。你不要當眞就是。

客。是的。但是我不能。我怕我會這樣：倘使我得到了誰的布施，我就要像兀鷹看見死屍一樣，在四近徘徊，祝願她的滅亡，給我親自看見；或者咒訊她以外的一切全都滅亡，連我自己，因爲我就應該得到咒訊。但是我還沒有這樣的力量；即使有這力量，我也不願意她有這樣的境遇，因爲她們大概總不願意有這樣的境遇。我想，這最穩當。（向女孩，）姑娘，你這布片太好，可是太小一點了，還了你罷。

孩。（驚懼，退後，）我不要了！你帶走！

客。（似笑，）哦哦，……因爲我拿過了？

孩。（點頭，指口袋，）你裝在那里，去玩玩。

客。（頹唐地退後，）但這背在身上，怎麼走呢？……

翁。你息不下，也就背不動。——休息一會，就沒有什麼了。

客。對咧，休息……。（默想，但忽然驚醒，傾聽。）不！我不能！我還是走好。

翁。你總不願意休息麼？

客。我願意休息。

翁。那麼，你就休息一會罷。

客。但是，我不能……。

翁。你總還是覺得走好麼？

客。是的。還是走好。

翁。那麼，你也還是走好罷。

客。（將腰一伸，）好，我告別了。我很感謝你們。（向着女孩，）姑娘，這還你，請你收回去。

（女孩驚懼，歛手，要躲進土屋裏去。）

翁。你帶去罷。要是太重了，可以隨時抛在墳地裏面的。

孩。（走向前，）阿阿，那不行！

客。阿阿，那不行的。

翁。那麼，你掛在野百合野薔薇上就是了。

孩。（拍手，）哈哈！好！

翁。哦哦……。

（極暫時中，沈默。）

翁。那麼，再見了。祝你平安。（站起，向女孩，）孩子，扶我進去罷。你看，太陽早已下去了。（轉身向門。）

客。多謝你們。祝你們平安。（徘徊，沈思，忽然喫驚，）然而我不能！我只得走。我還是走好罷……。（即刻昂了頭，奮然向西走去。）

（女孩扶老人走進土屋，隨即闔了門。過客向野地裏踉蹌地闖進去，夜色跟在他後面。）

一九二五年三月二日。

死火

我夢見自己在冰山間奔馳。

這是高大的冰山，上接冰天，天上凍雲瀰漫，片片如魚鱗模樣。山麓有冰樹林，枝葉都如松杉。一切冰冷，一切青白。

但我忽然墜在冰谷中。

上下四旁無不冰冷，青白。而一切青白冰上，卻有紅影無數，糾結如珊瑚網。我俯看脚下，有火燄在。

這是死火。有炎炎的形，但毫不搖動，全體冰結，像珊瑚枝；尖端還有凝固的黑烟，疑這纔從火宅中出，所以枯焦。這樣，映在冰的四壁，而且互相反映，化爲無量數影，使這冰谷，成紅珊瑚色。

哈哈！

當我幼小的時候，本就愛看快艦激起的浪花，洪鑪噴出的烈燄。不但愛看，還想看淸。可惜他們都息息變幻，永無定形。雖然凝視又凝視，總不留下怎樣一定的迹象。

死的火燄，現在先得到了你了！

我拾起死火，正要細看，那冷氣已使我的指頭焦灼；但是，我還熬着，將他塞入衣袋中間。冰谷四面，登時完全青白。我一面思索着走出冰谷的法子。

我的身上噴出一縷黑煙，上升如鐵線蛇。冰谷四面，又登時滿有紅燄流動，如大火聚，將我包圍。我低頭一看，死火已經燃燒，燒穿了我的衣裳，流在冰地上了。

「唉，朋友！你用了你的溫熱，將我驚醒了。」他說。

我連忙和他招呼，問他名姓。

「我原先被人遺棄在冰谷中，」他答非所問地說，「遺棄我的早已滅亡，消盡了。我也被冰凍凍得要死。倘使你不給我溫熱，使我重行燒起，我不久就須滅亡。」

「你的醒來，使我歡喜。我正在想着走出冰谷的方法；我願意攜帶你去，使你永不冰結，永得燃燒。」

「唉唉！那麼，我將燒完！」

「你的燒完，使我惋惜。我便將你留下，仍在這里罷。」

「唉唉！那麼，我將凍滅了！」

「那麼，怎麼辦呢？」

「但你自己，又怎麼辦呢？」他反而問。

「我說過了：我要出這冰谷……。」

「那我就不如燒完！」

他忽而躍起，如紅彗星，并我都出冰谷口外。有大石車突然馳來，我終于碾死在車輪底下，但我還來得及看見那車就墜入冰谷中。

「哈哈！你們是再也遇不着死火了！」我得意地笑着說，彷佛就願意這樣似的。

一九二五年四月二十三日。

狗的駁詰

我夢見自己在隘巷中行走，衣履破碎，像乞食者。

一條狗在背後叫起來了。

我傲慢地回顧，叱咤說：

「呔！住口！你這勢利的狗！」

「嘻嘻！」他笑了，還接着說，「不敢，愧不如人呢。」

「什麼！?」我氣憤了，覺得這是一個極端的侮辱。

「我慚愧：我終于還不知道分別銅和銀；還不知道分別布和綢；還不知道分別官和民；還不知道分別主和奴；還不知道……。」

我逃走了。

「且慢！我們再談談……。」他在後面大聲挽留。

我一徑逃走；儘力地走，直到逃出夢境，躺在自己的床上。

一九二五年四月二十三日。

失掉的好地獄

我夢見自己躺在牀上，在荒寒的野外，地獄的旁邊。一切鬼魂們的叫喚無不低微，然有秩序，與火燄的怒吼，油的沸騰，鋼叉的震顫相和鳴，造成醉心的大樂，布告三界：地下太平。

有一偉大的男子站在我面前，美麗，慈悲，遍身有大光輝，然而我知道他是魔鬼。

「一切都已完結，一切都已完結！可憐的鬼魂們將那好的地獄失掉了！」他悲憤地說，于是坐下，講給我一個他所知道的故事——

「天地作蜂蜜色的時候，就是魔鬼戰勝天神，掌握了主宰一切的大威權的時候。他收得天國，收得人間，也收得地獄。他于是親臨地獄，坐在中央，遍身發大光輝，照見一切鬼衆。

「地獄原已廢弛得很久了：劍樹消却光芒；沸油的邊際早不騰湧；大火聚有時不過冒些青煙，遠處還萌生曼陀羅花，花極細小，慘白可憐。——那是不足爲奇的，因爲地上曾經大被焚燒，自然失了他的肥沃。

「鬼魂們在冷油溫火裏醒來，從魔鬼的光輝中看見地獄小花，慘白可憐，被大蠱惑，倏忽間記起人世，默想至不知幾多年，遂同時向着人間，發一聲反獄的絕叫。

「人類便應聲而起，仗義執言，與魔鬼戰鬬。戰聲遍滿三界，遠過雷霆。終于運大謀略，布大網羅，使魔鬼並且不得不從地獄出走。最後的勝利，是地獄門上也竪了人類的旌旗！

「當鬼魂們一齊歡呼時，人類的整飭地獄使者已臨地獄，坐在中央，用了人類的威嚴，叱咤一切鬼衆。

「當鬼魂們又發一聲反獄的絕叫時，卽已成爲人類的叛徒，得到永劫沈淪的罰，遷入劍樹林的中央。

「人類于是完全掌握了主宰地獄的大威權，那威稜且在魔鬼以上。人類于是整頓廢弛，先給牛首阿旁以最高的俸草；而且，添薪加火，磨礪刀山，使地獄全體改觀，一洗先前頹廢的氣象。

「曼陀羅花立卽焦枯了。油一樣沸；刀一樣銛；火一樣熱；鬼衆一樣呻吟，一樣宛轉，至于都不暇記起失掉的好地獄。

「這是人類的成功，是鬼魂的不幸……。

「朋友，你在猜疑我了。是的，你是人！我且去尋野獸和惡鬼……。」

一九二五年六月十六日。

墓碣文

我夢見自己正和墓碣對立，讀着上面的刻辭。那墓碣似是沙石所製，剝落很多，又有苔蘚叢生，僅存有限的文句——

「……于浩歌狂熱之際中寒；于天上看見深淵。于一切眼中看見無所有；于無所希望中得救。……」

「……有一游魂，化爲長蛇，口有毒牙。不以嚙人，自嚙其身，終以殞顚。……」

「……離開！……」

我繞到碣後，纔見孤墳，上無草木，且已頹壞。即從大闕口中，窺見死屍，胸腹俱破，中無心肝。而臉上卻絕不顯哀樂之狀，但濛濛如烟然。

我在疑懼中不及迴身，然而已看見墓碣陰面的殘存的文句——

「……抉心自食，欲知本味。創痛酷烈，本味何能知？……」

「……痛定之後，徐徐食之。然其心已陳舊，本味又何由知？……」

「……答我。否則，離開！……」

我就要離開。而死屍已在墳中坐起，口唇不動，然而說——

「待我成塵時，你將見我的微笑！」

我疾走，不敢反顧，生怕看見他的追隨。

一九二五年六月十七日。

頹敗綫的顫動

我夢見自己在做夢。自身不知所在，眼前卻有一間在深夜中緊閉的小屋的內部，但也看見屋上瓦松的茂密的森林。

板桌上的燈罩是新拭的，照得屋子裏分外明亮。在光明中，在破榻上，在初不相識的披毛的强悍的肉塊底下，有瘦弱渺小的身軀，爲飢餓，苦痛，驚異，羞辱，歡欣而顫動。弛緩，然而尙且豐腴的皮膚光潤了；青白的兩頰泛出輕紅，如鉛上塗了胭脂水。

燈火也因驚懼而縮小了，東方已經發白。

然而空中還瀰漫地搖動着飢餓，苦痛，驚異，羞辱，歡欣的波濤……。

「媽！」約略兩歲的女孩被門的開闔聲驚醒，在草席圍着的屋角的地上叫起來了。

「還早哩，再睡一會罷！」她驚惶地說。

「媽！我餓，肚子痛。我們今天能有什麼喫的？」

「我們今天有喫的了。等一會有賣燒餅的來，媽就買給你。」

她欣慰地更加緊揑着掌中的小銀片，低微的聲音悲涼地發抖，走近屋角去一看她的女兒，移開草席，抱起來放在破榻上。

「還早哩，再睡一會罷。」她說着，同時擡起眼睛，無可告訴地一看破舊的屋頂以上的天空。

空中突然另起了一個很大的波濤，和先前的相撞擊，回旋而成旋渦，將一切并我盡行淹沒，口鼻都不能呼吸。

我呻吟着醒來，窗外滿是如銀的月色，離天明還很遼遠似的。

我自身不知所在，眼前卻有一間在深夜中緊閉的小屋的內部，我自己知道是在續着殘夢。可是夢的年代隔了許多年了。屋的內外已經這樣整齊；裏面是青年的夫妻，一羣小孩子，都怨恨鄙夷地對着一個垂老的女人。

「我們沒有臉見人，就只因爲你，」男人氣忿地說。「你還以爲養大了她，其實正是害苦了她，倒不如小時候餓死的好！」

「使我委屈一世的就是你！」女的說。

「還要帶累了我！」男的說。

「還要帶累他們哩！」女的說，指着孩子們。

最小的一個正玩着一片乾蘆葉，這時便向空中一揮，仿佛一柄鋼刀，大聲說道：

「殺！」

那垂老的女人口角正在痙攣，登時一怔，接着便都平靜，不多時候，她冷靜地，骨立的石像似的站起來了。她開開板門，邁步在深夜中走出，遺棄了背後一切的冷罵和毒笑。

她在深夜中儘走，一直走到無邊的荒野；四面都是荒野，頭上只有高天，並無一個蟲鳥飛過。她赤身露體地，石像似的站在荒野的中央，于一刹那間照見過往的一切：飢餓，苦痛，驚異，羞辱，歡欣，于是發抖，害苦，委屈，帶累，于是痙攣；殺，于是平靜。……又于一刹那間將一切併合：眷念與決絕，愛撫與復讐，養育與殲除，祝福與咒詛……。她于是舉兩手儘量向天，口唇間漏出人與獸的，非人間所有，所以無詞的言語。

當她說出無詞的言語時，她那偉大如石像，然而已經荒廢的，頹敗的身軀的全面都顫動了。這顫動點點如魚鱗，每一鱗都起伏如沸水在烈火上；空中也卽刻一同振顫，仿佛暴風雨中的荒海的波濤。

她于是擡起眼睛向着天空，幷無詞的言語也沈默盡絕，惟有顫動，輻射若太陽光，使空中的波濤立刻囘旋，如遭颶風，洶湧奔騰于無邊的荒野。

我夢魘了，自己卻知道是因爲將手擱在胸脯上了的緣故；我夢中還用盡平生之力，要將這十分沈重的手移開。

一九二五年六月二十九日。

立論

我夢見自己正在小學校的講堂上預備作文、向老師請教立論的方法。

「難！」老師從眼鏡圈外斜射出眼光來，看着我，說。「我告訴你一件事：——

「一家人家生了一個男孩，合家高興透頂了。滿月的時候，抱出來給客人看，——大概自然是想得一點好兆頭。

「一個說：『這孩子將來要發財的。』他于是得到一番感謝。

「一個說：『這孩子將來要做官的。』他于是收回幾句恭維。

「一個說：『這孩子將來是要死的。』他于是得到一頓大家合力的痛打。

「說要死的必然，說富貴的許謊。但說謊的得好報，說必然的遭打。你……」

「我願意既不謊人，也不遭打。那麼，老師，我得怎麼說呢？」

「那麼，你得說：『啊呀！這孩子呵！您瞧！多麼……。阿唷！哈哈！Hehe! he, hehehehe。』」

一九二五年七月八日。

死後

我夢見自己死在道路上。

這是那里，我怎麼到這里來，怎麼死的，這些事我全不明白。總之，待到我自己知道已經死掉的時候，就已經死在那里了。

聽到幾聲喜鵲叫，接着是一陣烏老鴉。空氣很清爽，——雖然也帶些土氣息，——大約正當黎明時候罷。我想睜開眼睛來，他卻絲毫也不動，簡直不像是我的眼睛；于是想擡手，也一樣。

恐怖的利鏃忽然穿透我的心了。在我生存時，曾經玩笑地設想：假使一個人的死亡，只是運動神經的廢滅，而知覺還在，那就比全死了更可怕。誰知道我的預想竟的中了，我自己就在證實這預想。

聽到腳步聲，走路的罷。一輛獨輪車從我的頭邊推過，大約是重載的，軋軋地叫得人心煩，還有些牙齒齼。很覺得滿眼緋紅，一定是太陽上來了。那麼，我的臉是朝東的。但那都沒有什麼關係。切切嚓嚓的人聲，看熱鬧的。他們踹起黃土來，飛進我的鼻孔，使我想打噴嚏了，但終於沒有打，僅有想打的心。

陸陸續續地又是腳步聲，都到近旁就停下，還有更多的低語聲：看的人多起來了。我忽然很想聽聽他們的議論。但同時想，我生存時說的什麼批評不值一笑的話，大概是違心之論罷：纔死，就露了破綻了。然而還是聽；然而畢竟得不到結論，歸納起來不過是這樣——

「死了？……」

「嗡。—這……。」

「哼！……」

「嘖……。唉！……」

我十分高興，因爲始終沒有聽到一個熟識的聲音。否則，或者害得他們傷心；或則要使他們快意；或則要使他們加添些飯後閑談的材料，多破費寶貴的工夫；這都會使我很抱歉。現在誰也看不見，就是誰也不受影響。好了，總算對得起人了！

但是，大約是一個馬蟻，在我的脊梁上爬着，癢癢的。我一點也不能動，已經沒有除去他的能力了；倘在平時，只將身子一扭，就能使他退避。而且，大腿上又爬着一個哩！你們是做什麼的？蟲豸！？

事情可更壞「：嗡的一聲，就有一個青蠅停在我的顴骨上，走了幾步；又一飛，開口便舐我的鼻尖。我懊惱地想：足下，我不是什麼偉人，你無須到我身上來尋做論的材料……。但是不能說出來。他卻從鼻尖跑下，又用冷舌頭來舐我的嘴唇了，不知道可是表示親愛。還有幾個則聚在眉毛上，跨一步，我的毛根就一搖。實在使我煩厭得不堪，——不堪之至。

忽然，一陣風，一片東西從上面蓋下來，他們就一同飛開了，臨走時還說——

「惜哉！……」

我憤怒得幾乎昏厥過去。

木材摔在地上的鈍重的聲音同着地面的震動，使我忽然清醒；

前額上感着蘆席的條紋。但那蘆席就被掀去了，又立刻感到了日光的灼熱。還聽得有人說——

「怎麽要死在這里？……」

這聲音離我很近，他正彎着腰罷。但人應該死在那里呢？我先前以爲人在地上雖沒有任意生存的權利，卻總有任意死掉的權利的。現在纔知道並不然，也很難適合人們的公意。可惜我久沒了紙筆；即有也不能寫，而且即使寫了也沒有地方發表了。只好就這樣地抛開。

有人來擡我，也不知道是誰。聽到刀鞘聲，還有巡警在這里罷，在我所不應該「死在這里」的這里。我被翻了幾個轉身，便覺得向上一舉，又往下一沈；又聽得蓋了蓋，釘着釘。但是，奇怪，只釘了兩個。難道這里的棺材釘，是只釘兩個的麽？

我想：這囘是六面碰壁，外加釘子。眞是完全失敗，嗚呼哀哉了！……

「氣悶！……」我又想。

然而我其實卻比先前已經寧靜得多，雖然知不淸埋了沒有。在手背上觸到草席的條紋，覺得這屍衾倒也不惡。只不知道是誰給我化錢的，可惜！但是，可惡，收斂的小子們！我背後的小衫的一角皺起來了，他們並不給我拉平，現在抵得我很難受。你們以爲死人無知，做事就這樣地草率麼？哈哈！

我的身體似乎比活的時候要重得多，所以壓着衣皺便格外的不舒服。但我想，不久就可以習慣的；或者就要腐爛，不至於再有什麼大麻煩。此刻還不如靜靜地靜着想。

「您好？您死了麼？」是一個頗爲耳熟的聲音。睜眼看時，卻是勃古齋舊書鋪的跑外的小伙計。不見約有二十多年了，倒還是那一副老樣子。我又看看六面的壁，委實太毛糙，簡直毫沒有加過一點修刮，鋸絨還是毛毵毵的。

「那不礙事，那不要緊。」他說，一面打開暗藍色布的包裹來。「這是明板『公羊傳』，嘉靖黑口本，給您送來了。您留下他罷。這是……。」

「你！」我詫異地看定他的眼睛，說，「你莫非真正胡塗了？你看我這模樣，還要看什麼明板？……」

「那可以看，那不礙事。」

我即刻閉上眼睛，因爲對他很煩厭。停了一會，沒有聲息，他大約走了。但是似乎一個馬蟻又在頸子上爬起來，終於爬到臉上，只繞着眼眶轉圈子。

萬不料人的思想，是死掉之後也還會變化的。忽而，有一種力將我的心的平安衝破；同時，許多夢也都做在眼前了。幾個朋友祝我安樂，幾個讎敵祝我滅亡。我卻總是既不安樂，也不滅亡地不上不下地生活下來，都不能副任何一面的期望。現在又影一般死掉了，連讎敵也不使知道，不肯贈給他們一點惠而不費的歡欣。……

我覺得在快意中要哭出來。這大概是我死後第一次的哭。

然而終於也沒有眼淚流下；只看見眼前彷彿有火花一閃，我於是坐了起來。

一七二五年七月十二日。

這樣的戰士

要有這樣的一種戰士——

已不是蒙昧如非洲土人而背着雪亮的毛瑟鎗的；也並不疲憊如中國綠營兵而卻佩着盒子礮。他毫無乞靈於牛皮和廢鐵的甲冑；他只有自己，但拏着蠻人所用的，脫手一擲的投槍。

他走進無物之陣，所遇見的都對他一式點頭。他知道這點頭就是敵人的武器，是殺人不見血的武器，許多戰士都在此滅亡，正如礮彈一般，使猛士無所用其力。

那些頭上有各種旗幟，繡出各樣好名稱：慈善家，學者，文士，長者，靑年，雅人，君子……。頭下有各樣外套，繡出各式好花樣：學問，道德，國粹，民意，邏輯，公義，東方文明……。

但他舉起了投槍。

他們都同聲立了誓來講說，他們的心都在胸膛的中央，和別的偏心的人類兩樣。他們都在胸前放着護心鏡，就爲自己也深信心在胸膛中央的事作證。

但他舉起了投槍。

他微笑，偏側一擲，卻正中了他們的心窩。

一切都頹然倒地；——然而只有一件外套，其中無物。無物之物已經脫走，得了勝利，因爲他這時成了戕害慈善家等類的罪人。

但他舉起了投槍。

他在無物之陣中大踏步走，再見一式的點頭，各種的旗幟，各樣的外套……。

但他舉起了投鎗。

他終於在無物之陣中老衰，壽終。他終於不是戰士，但無物之物則是勝者。

在這樣的境地裏，誰也不聞戰叫：太平。

太平……。

但他舉起了投槍！

一九二五年十二月十四日。

聰明人和傻子和奴才

奴才總不過是尋人訴苦。只要這樣，也只能這樣。有一日，他遇到一個聰明人。

「先生！」他悲哀地說，眼淚聯成一線，就從眼角上直流下來。「你知道的。我所過的簡直不是人的生活。喫的是一天未必有一餐，這一餐又不過是高粱皮，連猪狗都不要喫的，尙且只有一小碗……。」

「這實令人同情。」聰明人也慘然說。

「可不是麽！」他高興了。「可是做工是晝夜無休息的：淸早擔水晚燒飯，上午跑街夜磨麵，晴洗衣裳雨張傘，冬燒汽鑪夏打扇。半夜要煨銀耳，侍候主人要錢；頭錢從來沒分，有時還挨皮鞭……。」

「唉唉……。」聰明人歎息着，眼圈有些發紅，似乎要下淚。

「先生！我這樣是敷衍不下去的。我總得另外想法子。可是什麼法子呢？……」

「我想，你總會好起來……。」

「是麼？但願如此。可是我對先生訴了寃苦，又得你的同情和慰安，已經舒坦得不少了。可見天理沒有滅絕……。」

但是，不幾日，他又不平起來了，仍然尋人去訴苦。

「先生！」他流着眼淚說，「你知道的。我住的簡直比猪窠還不如。主人並不將我當人；他對他的叭兒狗還要好到幾萬倍……。」

「混帳！」那人大叫起來，使他喫驚了。那人是一個傻子。

「先生，我住的只是一間破小屋，又溼，又陰，滿是臭蟲，睡下去就咬得眞可以。穢氣衝着鼻子，四面又沒有一個窗……。」

「你不會要你的主人開一個窗的麼？」

「這怎麼行？……」

「那麼，你帶我去看去！」

傻子跟奴才到他屋外，動手就砸那泥牆。

「先生！你幹什麼？」他大驚地說。

「我給你打開一個窗洞來。」

「這不行！主人要罵的！」

「管他呢！」他仍然砸。

「人來呀！强盜在毀咱們的屋子了！快來呀！遲一點可要打出窟窿來了！……」他哭嚷着，在地上團團地打滾。

一羣奴才都出來了，將傻子趕走。

聽到了喊聲，慢慢地最後出來的是主人。

「有强盜要來毀咱們的屋子，我首先叫喊起來，大家一同把他趕走了。」他恭敬而得勝地說。

「你不錯。」主人這樣誇獎他。

這一天就來了許多慰問的人，聰明人也在內。

「先生。這回因爲我有功，主人誇獎了我了。你先前說我總會好起來，實在是有先見之明……。」他大有希望似的高興地說。

「可不是麽……。」聰明人也代爲高興似的回答他。

一九二五年十二月二十六日。

臘葉

燈下看「雁門集」，忽然翻出一片壓乾的楓葉來。

這便我記起去年的深秋。繁霜夜降，木葉多半凋零，庭前的一株小小的楓樹也變成紅色了。我曾繞樹徘徊，細看葉片的顏色，當他青葱的時候是從沒有這麼注意的。他也並非全樹通紅，最多的是淺絳；有幾片則在緋紅地上，還帶着幾團濃綠。一片獨有一點蛀孔，鑲着烏黑的花邊，在紅，黃和綠的斑駁中，明眸似的向人凝視。我自念：這是病葉呵！便將他摘了下來，夾在剛纔買到的「雁門集」裏。大概是願使這將墜的被蝕而斑斕的顏色，暫得保存，不即與羣葉一同飄散罷。

但今夜他卻黃蠟似的躺在我的眼前，那眸子也不復似去年一般灼灼。假使再過幾年，舊時的顏色在我記憶中消去，怕連我也不知道他何以夾在書裏面的原因了。將墜的病葉的斑斕，似乎也只能在極短時中相對，更何況是蔥鬱的呢。看看窗外，很能耐寒的樹木也早經禿盡了；楓樹更何消說得。當深秋時，想來也許有和這去年的模樣相似的病葉的罷，但可惜我今年竟沒有賞玩秋樹的餘閒。

一九二五年十二月二十六日。

淡淡的血痕中

——記念幾個死者和生者和未生者——

目前的造物主，還是一個怯弱者。

他暗暗地使天變地異，卻不敢毀滅一個這地球；暗暗地使生物衰亡，卻不敢長存一切屍體；暗暗地使人類流血，卻不敢使血色永遠鮮穠；暗暗地使人類受苦，卻不敢使人類永遠記得。

他專爲他的同類——人類中的怯弱者——設想，用廢墟荒墳來襯託華屋，用時光來沖淡苦痛和血痕；日日斟出一杯微甘的苦酒，不太少，不太多，以能微醉爲度，遞給人間，使飲者可以哭，可以歌，也如醒，也如醉，若有知，若無知，也欲死，也欲生。他必須使一切也欲生；他還沒有滅盡人類的勇氣。

幾片廢墟和幾個荒墳散在地上，映以淡淡的血痕，人們都在其間咀嚼着人我的渺茫的悲苦。但是不肯吐棄，以爲究竟勝於空虛，各各自稱爲「天之僇民」，以作咀嚼着人我的渺茫的悲苦的辯解，而且悚息着靜待新的悲苦的到來。新的，這就使他們恐懼，而又渴欲相遇。

這都是造物主的良民。他就需要這樣。

叛逆的猛士出於人間；他屹立着，洞見一切已改和現有的廢墟和荒墳，記得一切深廣和久遠的苦痛，正視一切重疊淤積的凝血，深知一切已死，方生，將生和未生。他看透了造化的把戲；他將要起來使人類蘇生，或者使人類滅盡，這些造物主的良民們。

造物主，怯弱者，羞慚了，於是伏藏。天地在猛士的眼中於是變色。

一九二六年四月八日。

一覺

飛機負了擲下炸彈的使命，像學校的上課似的，每日上午在北京城上飛行。每聽得機件搏擊空氣的聲音，我常覺到一種輕微的緊張，宛然目覩了「死」的襲來，但同時也深切地感着「生」的存在。

隱約聽到一二爆發聲以後，飛機嗡嗡地叫着，冉冉地飛去了。也許有人死傷了罷，然而天下卻似乎更顯得太平。窗外的白楊的嫩葉，在日光下發烏金光；楡葉梅也比昨日開得更爛漫。收拾了散亂滿牀的日報，拂去昨夜聚在書桌上的蒼白的微塵，我的四方的小書齋，今日也依然是所謂「窗明几淨」。

因爲或一種原因，我開手編校那歷來積壓在我這里的青年作者的文稿了；我要全都給一個清理。我照作品的年月看下去，這些不肯塗脂抹粉的青年們的魂靈便依次屹立在我眼前。他們是綽約的，是純眞的，——阿，然而他們苦惱了，呻吟了，憤怒，而且終於粗暴了，我的可愛的青年們！

魂靈被風沙打擊得粗暴，因爲這是人的魂靈，我愛這樣的魂靈；我願意在無形無色的鮮血淋漓的粗暴上接吻。漂渺的名園中，奇花盛開着，紅顏的靜女正在超然無事地逍遙；鶴唳一聲，白雲鬱然而起……。這自然使人神往的罷，然而我總記得我活在人間。

我忽然記起一件事：兩三年前，我在北京大學的教員預備室裏，看見進來了一個並不熟識的青年，默默地給我一包書，便出去了，打開看時，是一本「淺草」。就在這默默中，使我懂得了許多話。阿，這贈品是多麼豐饒呵！可惜那「淺草」不再出版了，似乎只成了「沈鐘」的前身。那「沈鐘」就在這風沙澒洞中，深深地在人海的底裏寂寞地鳴動。

野薊經了幾乎致命的摧折，還要開一朶小花，我記得託爾斯泰曾受了很大的感動，因此寫出一篇小說來。但是，草木在旱乾的沙漠中間，拚命伸長他的根，吸取深地中的水泉，來造成碧綠的林莽，自然是為了自己的「生」的，然而使疲勞枯渴的旅人，一見就怡然覺得遇到了暫時息肩之所，這是如何的可以感激，而且可以悲哀的事!?

「沈鐘」的「無題」——代啓事——說：「有人說，我們的社會是一片沙漠。——如果當真是一片沙漠，這雖然荒漠一點也還靜肅；雖然寂寞一點也還會使你感覺蒼茫。何至於像這樣的混沌，這樣的陰沈，而且這樣的離奇變幻！」

是的，青年的魂靈屹立在我眼前，他們已經粗暴了，或者將要粗暴了，然而我愛這些流血和隱痛的魂靈，因為他使我覺得是在人間，是在人間活着。

在編校中夕陽居然西下，燈火給我接續的光。各樣的青春在眼前一一馳去了，身外但有昏黃環繞。我疲勞着，捏着紙煙，在無名的思想中靜靜地合了眼睛，看見很長的夢。忽而驚覺，身外也還是環繞着昏黃；烟篆在不動的空氣中上升，如幾片小小夏雲，徐徐幻出難以指名的形象。

一九二六年四月十日。

烏合叢書之一

野草

實價三角半

北京東廠胡同西口外北

北新書局

發行

未名叢刊與烏合叢書

魯迅編

所謂未名叢刊者，並非無名叢書之意，乃是還未想定名目，然而這就作爲名字，不再去苦想他了。※這也並非學者們精選的寶書，凡國民都非看不可。只要有稿子，有印費，便即付印，想使蕭索的讀者，作者，譯者，大家稍微感到一點熱鬧。內容自然是很龐雜的，因爲希圖在這龐雜中略見一致，所以又一括而爲相近的形式，而名之曰未名叢刊。※大志向是絲毫也沒有。所願的：無非(1)在自己，是希望那印成的從速賣完，可以收回錢來再印第二種(2)對於讀者，是希望看了之後，不至於以爲太受欺騙了。※以上是一千九百二十四年十二月間的話。

現在將這分爲兩部分了。未名叢刊專收譯本；另外又分立了一種單印不闊氣的作者的創作的，叫作烏合叢書。

烏合叢書

吶喊　實價七角

魯迅的短篇小說集，從一九一八至一九二二年的作品都在內，計十五篇，前有自序一篇。

故鄉　實價八角

許欽文的短篇小說集。由長虹與魯迅將從最初至一九二五年止的作品嚴加選擇，留存二十二篇，作者的以熱心冷面，來表現鄉村，家庭，現代青年的內生活的特長，在這一冊裏顯得格外挺秀。陶元慶畫封面。

心的探險　實價六角

長虹的散文及詩集。將他的以虛無為實有，而又反抗這實有的精悍苦痛的戰叫，儘量地吐露着。魯迅選並畫封面。

飄渺的夢及其他　實價五角

向培良的短篇小說集，魯迅選定，從最初以至現在的作品中僅留十四篇。革新與念舊，直前與回顧；他自引明波樂夫的散文詩道：矛盾，矛盾，矛盾，這是我們的生活，也就是我們的眞理。司徒喬畫封面。

彷徨 實價八角

魯迅的短篇小說集第二本。從一九二四至二五年的作品都在內，計十一篇。陶元慶畫封面。

野草 實價三角半

野草可以說是魯迅的一部散文詩集，用優美的文字寫出深奧的哲理，在魯迅的許多作品中，是一部風格最特異的作品。

以上六種

北京東皇城根二三號

北新書局印行

未名叢刊

苦悶的象徵 實價五角

日本廚川白村作文藝論四篇，魯迅譯。插畫四幅，作者照象一幅。陶元慶畫封面。

蘇俄的文藝論戰　實價三角半

褚沙克等的論文四篇，任國楨輯譯。可以看見新俄國文壇的論辯的一斑。附錄一篇，是用經濟學說於文 上的。

十二個　實價三角五分

俄國勃洛克作長詩，胡斅譯。作者原是有名的都會詩人，這一篇寫革命時代的變化和動搖，尤稱一生傑作，譯自原文，又屢經校定，和重譯的頗有不同，前有託羅茲基的勃洛克論一篇；魯迅作後記，加以解釋。又有縮印的俄國插畫名家瑪修丁木刻四幅；卷頭有作者的畫象。

工人綏惠略夫　實價六角

俄國阿爾志跋綏夫作。魯迅翻譯。是極有名的一篇描寫革命失敗後社會心情的小說。或者遯入人道主義，或者激成虛無思想，沈痛深刻，是用心血寫就的。曾經印行，現收入本叢書中。有序及作者肖像。

一個青年的夢　價實八角

日本武者小路實篤作戲劇，魯迅譯。共四幕，當歐戰正烈的時候，作者獨能保持淸晰的思想，發出非戰的獅子吼來。先曾印行，今改版重印；卷頭有自序及爲漢譯本而作的序及照像。

爭自由的波浪　實價五角半

原名大心及其他，一名俄國專制時代的七種悲劇文字。計散文三篇，小說四篇，爲但兼珂，託爾斯多，戈理基諸大家所作。全是戰士的熱烈的叫喊，濁世的決堤的狂濤。董秋芳譯。

以上六種

北新書局發行

北京東皇城根二三號

出了象牙之塔　實價七角

日本廚川白村作關於文藝的論文及演說十二篇，思想透闢，措辭明快，而又內容豐富，饒有趣味，是一部極能啓發青年神智的書。魯迅譯。插圖四幅，又作者照象一幅。陶元慶畫封面。

往星中

實價四角半

俄國安特列夫作，李霽野譯。是反映一個時代的名劇，表現一九零五年俄國革命失敗後社會上矛盾和混亂的心緒的。韋素園序，陶元慶畫封面。

窮人

實價六角半

俄國陀斯妥夫斯基作，韋叢蕪譯。這是作者的第一部，也是即刻使他成爲大家的書簡體小說，人生的困苦和悅樂，崇高和卑下，以及留戀和訣絕，都從一個少女和老人的通信中寫出。譯者對比了數種譯本，並由韋素園用原文校定，這纔印行，其正確可想。魯迅序。前有作者畫象一幅，並用其手書及法人跋樂頓畫象作封面。

外套

實價三角

俄國果戈理作，韋素園譯。這是一篇極有名的諷刺小說，然而詼諧中藏着隱痛，冷語裏仍見同情；惜別種譯本每有删去之處，今從原文譯出，最爲完全。卷頭有詳細的序文及作者畫象。

小約翰

印刷中

荷蘭望藹覃作，魯迅譯。是用象徵來寫實的童話體散文詩。敍約翰原是大自然的朋友，因爲要求知，終於成爲他所憎惡的人類了。前有近世荷蘭文學大略，作者的評傳及照像。

白茶

定價五角

這是五篇蘇俄獨幕劇的結集，曹靖華從蘇俄最有名的文學雜誌中選譯出，在中國這是第一部介紹蘇俄戲劇的集子。很能夠給注意蘇俄戲劇者以新的供獻，同時又可供排演家以新的材料。司徒喬畫封面。

此外要續出的，還有：

罪與罰　韋叢蕪譯
俄國陀斯妥夫斯基小說。

格里佛遊記(全譯)　韋叢蕪譯
英國斯惠夫德小說。

黑假面　李霽野譯
俄國安特列夫戲劇。

北京馬神廟西老胡同一號
未名社刊物經售處發行。

图书在版编目（CIP）数据

野草 / 鲁迅著. -- 天津：百花文艺出版社，
2020.4(2024.1重印)
（现代文学名著原版珍藏. 第二辑）
ISBN 978-7-5306-7851-0

Ⅰ. ①野… Ⅱ. ①鲁… Ⅲ. ①鲁迅诗歌-诗集 Ⅳ.
①I210.5

中国版本图书馆CIP数据核字(2020)第062169号

野草
YECAO
鲁迅 著

选题策划：唐冠群　　**美术编辑：**张振洪
责任编辑：张　雪
出版发行：百花文艺出版社
地址：天津市和平区西康路35号　**邮编：**300051
电话传真：+86-22-23332651（发行部）
+86-22-23332656（总编室）
+86-22-23332478（邮购部）
网址：http://www.baihuawenyi.com
印刷：宝蕾元仁浩（天津）印刷有限公司
开本：787×1092毫米　1/32
字数：40千字
印张：3.625
版次：2020年4月第1版
印次：2024年1月第5次印刷
定价：15.00元

如有印装质量问题，请与宝蕾元仁浩（天津）印刷有限公司联系调换
地址：北京朝阳区西坝河南路6号西座102室
电话：(010) 84498866 邮编：100028